TTS新書

幻視Ⅰ

── ゆもと こういち句作集

東京図書出版

まえがき

数年前に出会ったある光景の話しから。やや強い雨脚の中、一羽の鴉が木枝にじっと止まっている姿。たばこを手に眺めるともなく眺めていると、〝濡れ鴉　身じろぎもせず　……〟なるフレーズが脳裏に浮かんできたのです。嫌われ者とされながらの精神性（?）に触発されたのでしょうか。突然にらしきものが、これがすべてのスタートでした。さらに何日かの間にいくつかの〝句〟めいたものが。自身おもしろいかなと思いながら、当初はそれをただノートに書きとめるだけでした。

『智恵子抄』や種田山頭火法師（どのような敬称が適当か不明）に魅かれた時期はあるにしろ（没入とまではいかず、一般的な意味合いとしてやや強い興味を抱いた程度?）、過去において詩歌世界にとりわけ関心を抱いたことはなく、前述の事象は自分ながら驚きと同時に新鮮な世界との出会いであったのかもしれません。あるいは読書量が減少していた時であり、その代償行為であったとも言えるでしょうか。

年末になり年賀状を準備する時期。友人らに十数枚を出すだけにしろ、例年かなり考えはしました。それがこの年は一変。書きためてあった十数句を載せ〝句だより〟と称し、以来、年賀状と暑中見舞いを合わせ計十回程になったという次第です。一枚の葉書に十五～二十句を記載、つまりは月平均に三句程ができればいいということであり、怠惰な自分にはちょうどいいペースであったのでしょう。ただそれらに対し、どのような反応があったかはあえて述べるまでもなく、わずか一・二名がまあまあ好意的というか、ものめずらしさからの評価でした。

友人・知人とはいいながら、大半はここ二十年以上にわたり直接に顔を見る機会もないままに過ぎてきました。自分が日々どのような生活をしているのか（知り合う前の過去をも含め）、眼前を流れ行く風景に何を感じ何を考えているのか……。句や小文は殆どが友人らに対するメッセージとして書かれており（あえて附記しておきます）、一般的には違和感を持つ程にかなり限定的と言わざるを得ないのかもしれません。

自分が感じ、考えていること等をそのままに表現するのがすべての基本でしょうが、ここに掲載しているものがはたして〝句〟として成り立っているかは不明です。また附随させている小文がわずらわしいと思われるかもしれません。遠方に住む友人らに背景を説明する（長い詞書き風に）ことにより、表現しようとした内容をわかりやすく、さらには興味を持って読んでほしいと考えたためです。こうした方向性がどこまで通用するかは、お読みになろうとする方のご判断に委ねたいと思います。

平成二十一年一月〜十二月

●日々の生活から――

ひとり笑《え》む　若葉に隠《かく》れ　石仏《いしぼとけ》

鎌倉時代に創建された白華山慈雲禅寺（下諏訪）境内一帯には、歴史を静かに語る石碑・石造物等が点在。緑陰を楽しむ、あるいはあれこれ探索しながらの散策には絶好と言えるでしょう。とりわけ参道には、一つ一つ個性的な表情をした石仏さんがずらり。波打つ心をおだやかにと語っているようで。背後の山（水月園＝桜の名所。句碑等多数あり）や下社・春宮（諏訪大社・四宮の一つ）を含め、子供らにとって格好の遊び場所でした。

水面《みなも》行く　舟上《せんじょう》まぶし　浴衣女《ゆかため》や

十何回目か、出張先の倉敷・美観地区（倉敷川）にて。古くてなお日々新しい街、季節を問わず何時でも何回でも行きたくなります。江戸から明治期の蔵屋敷・商家造りを現代に生かした美観地区は重要伝統的建造物群保存地区。美術・工芸関連（大小の美術館・博物館他）を主にファッション・飲食店を問わず特色ある店舗が立ち並び、覗き歩きが楽しみ。疲れをいとわず、ついつい歩き続けてしまいます。また、地区北側に接した丘陵部には阿智神社が。〝古代庭園〟・〝阿智の藤〟（日本一の大きさとか）等が四季折々の表情を見せてくれます。

他にも訪ねてみたい場所は数多くあり。ただ現状においては、毎週末の飲みに出ることを最優先させているため、なかなか実現できずと言ったところでしょうか。

長き夜《よる》　語らん女《め》なく　書に淫す

小春日や　バーボン携え　ペダル踏む

晴れた土曜日の午後など、諏訪湖岸にあるサイクリングロードを自転車でぶらぶらと。湖周は約十六キロメートル（なかなか一周まではしませんが）、大部分には並木が形成され、芝生・ベンチが備えられている場所も。例えばコンビニおにぎりを口にした後は、ひとしきり湖をボーと眺めたりと。それほど人出も多くなく、冬以外は極めて快適な時間と言えるでしょう。

枯れ木立《こだ》ち　日射《さ》すベンチや　母娘《おやこ》坐《お》る

温泉観光地＝上諏訪の湖岸にある間欠泉（温泉の定時的自噴、以前は数十メートルの高さまで吹き上がっていたとか。現在は人工的に？）センター庭園にて。観光とおぼしき四・五歳の女の子と母親の二人連れ、揃ってソフトクリームを食べながら、仲むつまじくどんなことを話していたのでしょうか。

●明治維新時、官軍を偽称したとして当地において処刑された相楽《さがら》総三と同志たち（赤報隊）十余名の慰霊碑・顕彰碑＝魁塚《さきがけづか》（相楽塚とも。六十年経過した昭和三年、贈位により名誉回復へ）が下諏訪にあり、朝晩、その前を通っています。他に水戸・天狗党に関連した史跡も何カ所か。

誰《た》が手向《たむ》く　花、孤高なり　魁《さきがけ》の碑《ひ》

草莽《そうもう》の　志《こころ》悼《いた》みて　桜花《はな》の舞い

現在に至るも毎年三月または四月、関係者・有志の方々により慰霊祭が催されています。誰が供えるのか花が途絶えることはありません。

先駆《さきが》けし　想《おも》い見つめん　蝶二つ

●母の三十三回忌に──

四十代半ばまで天竜川沿いの農村へ行商に歩き、その後は、わずか六・七年ですが小さな店をやっていました。大正生まれの女性の、一典型であったかなとも思います……。

生き、生きて　花見る間《ま》なく　母倒る

自分自身を振り返った時、〝人生の意味〟とか血縁（とりわけ親子の）といったことがらを、つい考えてしまいます。

盆踊り　ざわめく上空《うえ》ぞ　母微笑

一時期、〝盆踊り〟としてはすたれた感がありました（高度経済成長に伴ない、地域共同体の衰退が広く喧伝された頃でしょうか）が、最近は各地において形態を変え復活しつつあるようです（本来は共同体の祭礼ながら、商業主義がやや前面に出すぎ？）。

『吾亦紅《われもこう》』　唄《うた》流れしに　母問いき

二十代半ばまでは、自分が観た映画中において唄われていた何曲かは別にして〝唄〟に大して関心は持っていませんでした。自分が音痴（小学校に入って知らされました）であった以上に、音楽に向く精神的余裕がなかったのだと思います。その後、一応は職に就いたのに伴ない何んだかんだと飲み歩くようになった時期のこと。カラオケが流行り多くの人がさまざま唄っているなかに、自分のある心情にフィットするものが。まったく知らなかったそれらの唄に対しては特別な思い入れが生じ、今もって続いているのでしょう。

みぞれ落つ　川沿い行く母　我《わ》が手握《も》ち

生後直後より三・四歳頃まで、いつも母に連れられ一緒にいた（汽車に乗りかなり遠くまで行った、かすかな記憶あり）ような気がします。以降は小学校へ入るまで、昼食とおやつを持参し近所の方々（皆が大人でした）に遊んでいただくなど、毎日毎日を楽しく過ごしていました。ただ一方において、保育園へ通っている近所の仲間（自分以外は皆が通っていた？）を、少なからず羨ましく見ていたんでしょうね。

●四十年目の十一月に――

ゲバルトに　疾走《はしり》し季節《とき》は　烈日か

毎日考え続けていたはずですが、その時点において、自分にとりどれだけ意味を持って走り回っていたかは、〝？〟です。ただただ楽しく（語弊ある表現ながら、実際に〝楽しさ〟の追求が最大なる目的であり）多忙に過ぎた時代であったとは言えましょうか。

四十年　総括まだかと　凩《かぜ》迫る

72年以降、長い間まったく無思考のうちに日々が経過。ここ何年か、ようやくにあの時代と行動の意味をまあまあ冷静に考えることが可能になりましたが、自分にとっての結論は〝いまだ〟です。

〝何が変わるか〟・〝何を変えられるか〟をめざした壮大な実験。表層的ながら大きく言えば、個々における生活の場にて感得した個別課題は〝近代合理システム総体への疑義〟へ逢着したが、それらへの対抗策を有効に提示し得ないままに経過。結果的には〝大勢追随社会〟を乗り越えることができなかった（そして現在に至るも、課題はなお継続中……）。ただ最近は、最後まで結論は〝？〟のままでいいかな、とも思い始め。自分にとっては、何時までも何処までも考え続ける必要があるのではと。

霜降りて　未《いま》だ幻影と　戯《あそ》びしや

●心象風景的に――

足早に　過ぎ去る台風《かぜ》か　揺れる我《われ》

年々と妥協的（自己・周囲に対してを問わず）になり、またそれを拒絶したい気分があったりと、精神的につねにゆれ動く己れ自身が。年齢を加えるごとに、その感が深くなりです。結局は自己における〝生活〟をどう規定するかにかかっているのでしょうが、〝今さら〟という気分が拭えないにしても、けっこう難しいなとは思います。

翔《と》ぶ鳥の　孤影鋭し　寒天に

群《むれ》つくる　寒雀らに　独歩《どっぽ》のあり

●補選——

灯《ひ》、点《とも》らず　女《ぬし》なきドアに　秋風《かぜ》すさぶ

何も知らせず突然にお店を閉め、諏訪からいなくなってしまった（多分）女性へ。雪が降りしきる中、岡谷から上諏訪へと夜明けすぎまで連れだって飲み歩いたりと。際立ってアルコールに強く、かつけっこうわがままであった反面、日頃からは想像できないほどのやさしさを見せることも。自分ながらまだ十分に若かった？のでしょう、しかもかなりアナーキーな時期でした。

夕暮れて　波間に憩《いこ》う　紅葉《もみじ》なり

諏訪湖岸にて。ＢＧＭとして当然ながら『琵琶湖周航の歌』が流れています（勿論、脳裏に）。同曲は高校時代、コンパ等にてよく唄われていました。夏休みに漕いだ端艇部のボート（当時はフィックス）風景そのままに。岡谷・湖畔公園には、作詞者＝小口太郎さんの銅像・石碑とミュージックボックスが設置。ある時代への憧憬を一概に否定はできないものの、年齢かななんて考えながら。

目的地　見えないままの　初雪や

今までも、これからもずーっとこんなシンドイ情況が続くんでしょうね。

雪山に　生き方重《かさ》ぬ　車窓より

中央線の電車に乗った折りなど、白い輝きを見せる峻険な八ヶ岳連峰や南アルプスがひときわ印象深い眺望を。ひたすらな厳しさを感じます。自分では登山をしない（一度だけ夏場の白馬岳へ行き、それでも同行者の遭難騒ぎがあり）だけに、未知なるもの、峻険なるものへの〝憧れ〟があるのかも。

慌々《こうこう》と　生き、逝《さ》りし先輩《とも》　師走入り

二十代後半の折り、仕事に関連して知り合って以来のお付き合い。傍らから見ていて、仕事に私生活に激しい浮き沈み（？）の繰り返し、ひたすら慌ただしく過ごした六十有余年であり、ようやくに安定したのかなと思ったのですが。仕事の方法論と併わせ、いろいろなお店や遊び方を教えていただきました。

平成二十二年一月〜六月

●日々の生活から――

年齢《とし》重ね　また意思問う　新春か

いつまで、どれだけ本を読み続けられるかが、自分にとって大きな関心事。〃何かのために本を読む〃ということではなく、それ自体が目的化。単純に〃読書〃です。そうは言いながら、現状では読むスピード・持続力がともに低下（つまりは理解力の劣化！ですか。読書時、本を持つ手首に痛みすらあり）、とにかく量が少なくなってしまい、自分的にはややピンチな情況と言えるでしょう。従来の主であった社会科学系だけでなく自然科学系も含めて、今もって興味ある分野はとりとめなく拡散途上、まだまだ読みたい本は際限なくありそうで。他方においては、あちこちに積み重なった図書類にも悩まされ。処分することは考えられず（過去二回だけ大量処分を。後悔しました）、整理はほぼ不可能状態……。

寒風に　追われしごとく　夜道行く

冴《さ》え冴《ざ》えの　月下、誰《た》が造形《つく》る　神《おみわたり》の通い道

諏訪の冬は毎年厳寒（？）ですが、今年は薄氷止まり。〝御神渡り〟は出現しませんでした。御神渡りは、上社の祭神（建御名方命）が下社の祭神（八坂刀売命）の下へ通った跡だと伝えられ、また管轄神社さんによる吉凶占い（蓄積された過去の記録類に基づく予測）にも。ワカサギの穴釣り風景は、安全面を配慮してか最近は見かけません。コンロを持ち込んで、なんては無理でしょうか。

古色たる　街灯ほのか　寒なごむ

帰り道、電柱に取り付けられた古いタイプの街灯、赤みがかった光りを眺めながら。人にとり、意識しない暮らしやすさとは、なんて日頃考えないことをとりとめなく。

『微笑《ほほえ》み』が　我《わ》が原点か　6.15《ろくいちご》

高校時代は、ただただ映画と小説そしてパチンコ（単発式！のほぼ最終期。駅前にあったパチンコ店へ通い続け、時には先生とバッタリという事態が）に没入の日々。そんななか、学校で開催された「早大闘争報告集会」（卒業生の全闘委メンバーが支援要請を目的に来校）が鮮烈でした。その後、樺美智子さん等の存在および「60年安保闘争」を知り、「6．15」集会へ参加したのが、多分俺にとって大きな分岐点になったのではと思われます。

梅雨《つゆ》なかに　仏拝まん　花もまた

●四月・五月には、七年ぶりの諏訪大社（上社・下社の四宮を言います）〝御柱祭《おんばしら》〟がありました。以降、年内いっぱいは地区ごとに大小数えられないほどの小宮祭りが続きます。

木遣《うた》り響き　山野駆け抜く　御柱《みはしら》や

御柱祭は、径一メートル余り・長さ十数メートル余り・重量約十トンの巨木（各宮ごとに四本、計十六本）を定められた山にて伐採、そこから文字通り山野を越え各社まで地区（岡谷〜富士見、前年に担当する御柱が決定）の氏子がこぞって曳行し建立する神事。起源は定かではありませんが、残された記録だけでも千二百年以上の歴史があるとのこと。遡れば縄文文化（八ヶ岳山麓を中心とした）、もしくはそこから派生した古代信仰のあり方に結びつくのではと、ひそかに想像を。各地に痕跡を残している巨木文化との関連も興味あるところです。

〃木《き》落《お》とし〃と　端《はし》で見るなり　山霞

下社・木落とし坂にて。地元意識が希薄な割に、やはり見物に行ってしまいます（氏子と言うより観光客?）。今回は初めて、「上社・川越し」（茅野・前宮近く。前宮の特殊性は別に考える必要あり）まで遠出しました。「山出し」は豪壮であり、「里曳き」は華美に（騎馬行列に代表されます）が特色とか。小学生時には、秋宮に隣接した広場を利用して大道芸やサーカスまで興行されており、俺らの主たる興味はそちらへ。

今なおも　御贄欲《みにえほっ》するか　柱神《はしらがみ》

木落とし・建て御柱《おんばしら》等々に際して、多数の死傷者が出ることもたびたび。それでも危険を承知で御柱に乗ろうとする人が多く、見る方は……。木落としが実施された翌朝、公衆浴場などへ行けば〝昨日はこうだった〟、〝いや、実は〟と噂話しでもちきり。

●古いアルバムを眺めながら――

マレビトと　なりて、母夢《こ》し　菊なくも
セピア色　幼子《こ》抱《いだ》きしあり　花宴《はなうたげ》

お花見の情景を写している一枚の写真に、今もって理解不能な不思議さを感じています。母子ともども、当時ではめずらしいほどに盛装！　昭和二十四年頃、そんな経済的余裕があったとはとても思えませんが。

法被《はっぴ》見つめ　「次はあるかね……」　母つぶやき

諏訪の法被は、御柱祭の正装。幼い頃より毎回新しい法被が用意され、外来の方々にはおみやげに。言葉通り、母にとり昭和四十三年（五月の里曳きには友人らを誘い諏訪に）が、最後の御柱祭になりました。

●高校時代から、やはりふらふらと——

安達太良《あだたら》に　夏の陽《ひ》かぎて　十七・我《われ》

『智恵子抄』の精神世界に魅了された時期もありました。作者らの〝戦争協力〟をどのように捉えるか、作品と切り離し別問題と言えるのかは疑問ながら、作者個人の人間性（便利な言葉）次第と極めて恣意的に（敗戦後、花巻郊外へ隠棲したことは、やはり希有な存在？）。作品が作者から独立して存在するのか、等々はひとまず問わないことにし、時にはいくつかの詩集を手にしましょうか。

阿武隈《あぶくま》の　岸歩む、軽《かろ》き　ワンピースが

友人のペンフレンド（中・高時、雑誌の紹介欄を通しけっこう流行）＝ＫＳさんと、ほぼ一日にわたり本宮・二本松あたりを身代わりデート。印象は？

連絡船《ふね》乗らん　北へ向かいし　高二・冬

修学旅行をパスし（クラス担任と多少ヤリトリを経て、単なる授業欠席という扱いになり）、それ用に積み立てしていた貯金を利用、ひとり東北（再び二本松、さらに平泉へ）から道南（費用がここまで！）へ。後年聴くことになる『津軽海峡・冬景色』そのままに、冬の青函連絡船を。函館駅では夜明かしのためぶらぶらしていたところ、家出少年と見られたらしく職質にあい、この一晩は駅前交番へ行きお世話に。

授業フケ　坂の図書館　落ち葉鳴る

教室より、本屋さんや映画館（学校では、頻繁に写真部暗室へこもって。理由は？）が通常の居場所のようで。朝から小説を立ち読み（基本は一冊を読了するまで、体力勝負です）ばかりしていたため、市内にある何軒かの本屋さんからは順次〝出入り禁止〟処分の結果に。さらに言えば、もっともながら授業の欠席が多すぎ、毎学年末には〝補習〟でしたが（あくまでも追試ではありません、誤解なきように）。

●心象風景的に――

作家らが　取り上げし檸檬《レモン》　ただ眺む

常緑の　木々悲しみて　路傍なり

魁塚にて。

厳寒に　思想性問う　孤峰幻視《みし》

71年に病死した高橋和巳さんは、彼の生き方そのものが、先鋭な〝思想表現〟であったのではないかと考えつつ（私生活的にはやや疑問があったとのようですが、まあご愛敬ですかね）。

「孤立」の意味合いをどう理解するのかは、自分にとり今もって課題の一つ。評論分野は当然ながら、作家としての代表作と思われる『邪宗門』（多くはない読書量ながら自分の中では、現代日本文学のベストスリーに入っています。「文学」をどう捉えるかは、個々の評価になるのでしょうが）のラストでは、人間の精神的強靭さ＝尊厳とか、愛のあり方＝純粋性について考えさせられ、また憧れもし。何年かおきに読み返します。

連《つら》なりし　峰の雪解水《ゆきげみず》　万物《ひと》は如何《いか》ん

原村あたりから眺める、厳寒期の峻烈な八ヶ岳が好きです。また、なだらかに広がる山麓は、はるか縄文の頃、列島における文化的センターであったとも言われる（阿久遺跡等々多数が）だけに、諏訪大社創成との関連あるいは古形態としてのミシャグジ信仰を含め、想像は果てしなく拡散します。縄文期における文化性・宗教性については、もっともっと関心を深めたいと。

影法師　ただに独《ひと》りが　際立《きわだ》てり
風に乗り　滑空せし鳶　夢幻《ゆめ》ならん

●補選――

白紙あり　心記《しる》さん　雪の朝

自分に記すべき〝心〟があるかどうかは、内容を離れて不明です。記す予定がない、単なる余白ばかり？

裏切りの　悲しみ抑え　梅一枝《いちえ》

魁塚にて。〝裏切り〟・〝粛清〟。どの時代においても、いくつかの事例があげられるにしても、です。どうしてそうなってしまうのか、政治主義には常に懐疑と嫌悪とが。

咲きし桜花《はな》　とまどい隠《かく》る　今朝の雪

四月十七日、大雪？に飾られた諏訪湖岸・桜並木を眺め。この時期だけに、同じ降雪でも深刻さはまったく感じられなく。遊歩道にはカメラをかまえた人々で賑わいを。

夜汽車乗り　どこまで行くか　夏、さがし

夜行急行と長距離普通を乗り継ぎ、費用（バイト代を貯めました）を極力抑えどこまで行けるか、が大きなテーマ。主目的地は二本松（『智恵子抄』に詠われた舞台）であり、結局、郡山から磐越西線へ入り終着は会津若松。再建中の鶴ヶ城と飯盛山（白虎隊）へ。

阿武隈《あぶくま》の　蚊ら舞いて夜　寺に臥《ふ》し

夜行以外では、殆どの夜、駅の待ち合い室（主要駅は二十四時間オープン）か寺院にお世話になりました。とりわけ駅では、一夜を過ごそうとする人が多いことに驚き、また見知らぬ方々とお話ししたりと、それはそれでスリル？を感じながら。ただその間、食事はどうしていたかは覚えておらず、今もって疑問のまま。

平成二十二年七月〜十二月

●日々の生活から——

突き刺さる　暑さ刃向《はむ》かって　走るあり

湖岸をめぐるジョギングロード（自転車用とほぼ平行してあり）には、暑さ・寒さを問わずどの時間帯においても散歩から本格派までさまざまに。多くのランナーが毎年十月に開催される「諏訪湖マラソン」参加をめざしているのでしょうか。いずれにしろ自分にはとてもできない健康的な姿に、ただただ感動してしまいます。

女性《めぬ》さがしぬ　下駄《げた》の音《ね》響かせ　猛暑《なつ》を行く

時折り行くお店のママさん（今まで聴いた中で、声質・唄の上手さがピカ一だと思います）から、あちこちさがしたと言う下駄をプレゼントされ……。高校時代は、季節に関係なく下駄をはきカラカラと（校舎内でも）。時にはカッコつけタカバなんかが登場。今でもとりわけ夏は下駄を愛用しています（何より快適かつラクだから）。あとはバンガサがあればいいですね。

水騒ぎ　花火終演　時候《とき》どこへ

毎年、八月十五日と九月第一土曜日に開催される湖上花火が過ぎると、夏の終わりというより、後はただ寒い冬が待つだけ（諏訪には楽しむべき秋がない？）。自分にとり今年もはや終わりだと、そんな気分に。

涼風を　さがせし空《くう》に　秋茜《あきあかね》

石段に　落ち葉踏みしめ　回向なり

慈雲寺を通り過ぎ、桜の名所＝水月園に隣接して、両親の墓所があります。父母が相次いで亡くなって十数年は、諏訪にいなかったことを言い訳に、墓参は殆どしなかったようで。それは別にして、寺院入り口にあたる、時代を経過し苔むした石段周辺は、とりわけ落ち着いた雰囲気を楽しみながら（石段・参道では、腰を下ろし飲み物をなんて……）。ただし石段は二百数十段あり、上りはけっこうシンドく喘いでしまうのは必至です。

文字乱舞　長き夜《よ》ひとり　呻吟《しんぎん》す

けっこうウソっぽそうですが、時に、「言語」に宿命づけられた本質とか「言葉」の意味（本来的な）等につき考えることはあります。「言葉」が決して十全なものとは思いませんが、にもかかわらず、私たちは先ずは〝言葉ありき〟と言わざるを得ないでしょう。そして自分なりの〝意味〟を持たせた「言葉」が、伝えたいと希望する相手にどう受け取られるか、さらにどれだけ理解してもらえるのか、という問題に直面するのだと……。相手がいる・いないにかかわらず、話さなくも過ごせるとすれば、それにこしたことはないのではないかなんて皮相的にも。

ポケット瓶　うつらうつらと　小春日や

例により、湖岸を自転車にて。

枝切りて　誰を待つらん　魁碑《さきがけひ》

我が心《うち》に　埋火《うずみび》ありや　憂国忌

三島由紀夫さんの自刃から四十年……。三島さんは、人が有する思想（考え方）と生き方の関係性を厳しく問いかけたひとりだと思います。その人が有する思想性は、やはり行動により表出されるのではないか、また考え方を超越して、その人の生き方に共感することもあり得るのではないかと考えます。基本的な立脚点は異なりますが、三島さんが提起した問題は、現在さらに悪化して進行中？　自己だけではなく行く先に希望を見出せないシンドサを感じながら。

山襞の　陰、深まりて　冬支度
霜の朝　行き交《こ》う人の　挨拶あり

F3のシャッター音如何《おんいかん》　年の暮れ

三台目のニコン（勿論ながらアナログの中古です）を入手！　ですが、今のところ撮影へ向かう勢いが出て来ません（楽観的に言えば、何をテーマに撮ろうか思案中というところで）。カメラとは高校以来のおつきあい、ある時期には縁を切ろうと手持ちの機材殆どを処分したのですが。最近はあちこちへ出かけるたびに、ライカ・ニコンなど中古カメラを飾ってあるお店についい目がいってしまいます。デジカメにはおそらく手を触れられない？

●古いアルバムから——

悪童の　腹満《み》たしたり　夏果実

以前、同じ町内で育った幼馴染み十名程が集まる機会があり、俺らは近所の畑とか木々の恵みにより育てられたという話しが出ました。長い期間にわたりですから、当然ながら持ち主さんに無断でいただいたことも数知れず、当時には追いかけられたりと……。近くの山へ遊びに行った折りは、今では見かけないアケビやスグリを食したり。

「おいしいね。」　マレの栗菓子　母微笑《えみ》て

行商に出る際の商品ながら、自分では食べる機会はあまりなかったでしょうが、「栗の雫」という菓子が、母はとりわけ好きだったらしいです。今でも時折りスーパー等で見かけ、購入しようかと迷ったりと。

有り金を　トマトに替えし　帰路となる

高二の夏、会津若松から諏訪までの帰り（ほぼ一日？）は、乗車する前に買った数個のトマトを囓りながら。とにかく出かけることが目的であり、家へ辿り着いた時は所持金ゼロ！ですね。ないは、ないなりに考えます。今も当時と大して変わりありませんが。

夢駆けて　何残す、雪の　五稜郭

同年の冬、戊辰戦争最後の舞台＝洋式城塞（跡です）を直に見たいと。しばらくして土方歳三（『燃えよ剣』の世界ですね）を知り、榎本武揚については後にやや関心を抱きました。ロマンティストとプラグマティストの相異？

●心象風景的に——

色褪《あ》せし　紫陽花《あじさい》愁う　陽《ひ》を浴びて

紅《あか》き実の　一つ眩《まぶ》しき　何処《いずこ》ならん

昭和三十年代、下諏訪にはあちこち林檎畑が多かったのですが、今でも多少は残っています。高校時代、いくつかあった〝あこがれ〟はただ心の内部へ押し込み、頻繁に行なわれていたコンパ（あちこちへ遠征までして）など無邪気に騒いでいた俺ら（良く言えば、夢中になれる何かをさがしていた？）は、どこへ行ったのでしょうか。

高天の　月追いかけて　寒さ染《し》む
時として　歌謡曲語《うた》りたし　寒風と

自分が日頃から何時でも聴きたいなあと思う〝歌謡曲〟はいくつかある（ただし以前のものばかり）のですが、最近はそれらを唄ってくれる人がなかなかいません。〝そんな唄、知らない〟と軽く言われ、年代の違いかと憮然。CD等ではなくカラオケにしろ、ごく近くで聴くナマ唄がいいですね。上手いとか上手くないと言う以前に、唄う人の情感がストレートに伝わって来ますから。そして、その唄を選択した背景が見えればなんて。

●補選——

岸辺行く　ジョガーら見つめつ　葉は染《そ》まり

失ないし　記憶覚醒《さま》すか　童画展

〝童画展〟は、「現代童画会」主催の公募展。毎年十一月あるいは十二月に上野の美術館にて開催され、ファンとしてけっこう楽しみに行きます。自分にとって〝童画展〟は初冬の季語に位置づけています。今までに作った句を見た場合、無理やりに季語をつなげることが多々あり。季語に〝意味〟を持たせるのは困難であり、また一般的に認知されている季語を使用しなくても、自分なりの心情と季節感が表現できればいいのではと。

デラシネと　ひそかに声す　霜踏みて

十代後半に五木寛之さんの作品群と出会ってしまい。以来、精神的には、いや実生活ですら〝デラシネ〟そのままに来てしまったようで（おそらく生来からそのような気質を持っていたのではと）。長い期間にわたり五木作品とは離れていましたが、『百寺巡礼』シリーズで再会とは。

敗残の　兵、未来《ゆめ》語りて　雪淡く

高二の冬に訪ねた五稜郭を思い。兵はつねにそのような存在だと断言するには、ツライ部分があり。現在の自分にとりイメージは、解放感に満ち溢れた祝祭空間から一転して展望なき消耗戦へと後退を余儀なくされた、先のことを何も見通せず、流されるまま政治主義へなだれ込んで行った〝69年〟？　十数年前、中学時代の恩師にお会いした際、〝敗軍の将、兵を語らず〟と言われました。〝将〟なる語には異議あり！ですが、過去、幾つか挫折（自分では、そう思わないにしろ）したことがらについて、愚痴とか無責任にあれこれ言うなとの意味でしょう。実際に話すこと自体に長い間、内容はどうであれシンドサを感じていました。が、しばらく前あたりから、思考が柔軟になったのか、そろそろいいかなとも考えられるようになり。自分に語るべき未来はない！にしても、です。回顧？　懐古？　懐古談だけはしたくないと自戒しながら、やはり年齢ですかね。

平成二十三年一月〜六月

●日々の生活から——

今なおも　有りやを問いて　童画展

日々の生活を省み精神浄化？　思わず笑いがこぼれながらにして、観た後はこれでいいのかな、などとつねに自問させられます（そして続きません）。

四方《よも》覆う　薄化粧清《すが》し　異界かな

年末の降雪時に。靄って盆地全体が白を基調にしたモノトーン。わずか陰影があるほか、めずらしい程に物の動きや音が感じられない幽玄の世界？

パスタ茹《ゆ》で　元日の味　これなのか

実際には二日のことでしたが。スーパーの出来合いばかりではなく、読みたい本が見つからない場合とか暇がある時は、なるべく自分で作りたいと思ってはいます。あまりおいしくは出来ませんが、どんな味になるだろうかと面白くなる時も。寒い時季はお鍋とかいろいろありそうですが、暑い夏場は何にしていいのか困惑します。レトルトや冷凍食品はなるべく使用しないようにと。小学生の頃には、ジャガイモを薄切りにし油で炒めて（今で言う輪切りのフライドポテト？）おやつにしたりと料理は慣れたモノと言いたくて。

露店閉じ　常夜灯《あかり》ほのかに　初詣で

飲みに出た帰り、真夜中の下社・秋宮へ。二年詣り（露店が数多く並び、諏訪ではこちらが主流です）の賑わいとは異なり、人影がなく深閑とした境内は自ずと畏怖なる雰囲気が。古社が存在する場所は元来からでしょうか、太古、アニマに囲まれた趣き？

陽溜《ひだ》まりや　春さがしたり　ポケット瓶

バーボン《ビン》膝に　湖《うみ》ぬるむさま　眺めおり

土曜日の午後、ぶらぶらと出かける時は、殆どバーボン（ただし瓶ではなく携帯ボトルに詰め替え。アルコール度数が高いお酒だと即まわり、少量でＯＫです）を所持して。バーボンとジッポー（ラッキーストライクも）は、何時の頃からか自分にとり最低限の必須アイテム。ただし心情的に言えば、おそらく反米派？（このあたり、自分ながら笑ってしまいます）

●三・一一に――

三十九年前、〝連赤〟（自然、人為……。比較すべきではないかもしれませんが、あえて）以来の衝撃を受け……。

海嘯《た》けて　大地蹂躙《じゅうりん》。　春を裂く

畢竟は〝他者〟なんだと規定せざるを得ない自分には、ただ黙し見続けることのみが可能なのではと一方で感じつつ、自身の心部への記憶を深く刻むべく。

桜《はな》咲けど　色、失《う》せしまま　通り過ぎ
バーボン抱《かか》え　青葉の向こう　北、遙か

どうしてこうなってしまうのか、三十九年前にもまったく同様に考えていたと思います。不遜な言い方になり誤解をおそれず言えば、私たち人間には根本的に欠けている何かがあるのでは。決して個人的相違に帰してはならない何かが……。〝歴史〟総体に真摯に向き合い学び直し集積する必要性を感じています。

梅雨空《つゆぞら》に　悲哀隠して　万治仏《まんじぶつ》

下社・春宮前を通り過ぎ、川沿いの小道をわずか行くと〝万治の石仏〟が、高さ＝約三メートル、幅・奥行＝各々約三〜四メートルと偉容を誇って鎮座。以前は田圃の中にあったものが、見物に訪れる人が多くなったのに伴ない周辺も整備されていったようです。伝承とともに生きてきたこの石仏は、岡本太郎さんご推奨として著名。素朴であり、また〝異形〟（自分ではモアイ像的かなと）とも称されはしますが、小学生時代には遊び場でもあり親近感が。近年はいくつかユルキャラ化までされており、出来映え・評価に関しては、はたしてどうでしょうか。〝野にある仏〟は、それが有する本質を私たちに雄弁に語っているのではないかと思います。

夏の日を　詠《うた》いし東北《ふるさと》　そはどこへ

●日々の生活から（続）——

久々の　石段踏みし　春彼岸

桜花《はな》散りて　湖面穏《おだ》やか　ペダル漕《こ》ぐ

どこが〝穏やか〟なのかと、大きな困惑と「表現」の困難さを感じながら、なお表現（?）してしまう、と言い訳をしつつ。もしくは、「言葉」が有する便宜性と危うさを感じながら。自己と他者の関係性、個々の意識の乖離等々をどこまで考えられるかと。

悲憤とは　あきらめなのか　6・15《ろくいちご》

沖縄・原発・環境……。人が本来的に有しているはずの、その人が身を置かざるを得ない〝社会〟ないし〝国家〟に対する基本的な異議申し立てとはどうあるべきか。とりわけ〝少数者〟には、どのような表現方法があるのか。そして、それを反映させる、あるいは保障するシステムは可能なのか。〝国家〟とか〝社会〟という曖昧かつ強固な原理に対峙し得る、大勢に流されない己れの個人原理をもっともっと突き詰めて考える必要がありそうです。大仰に言えば、各々の〝生活〟＝生き方そのものが、その人の「思想性」なのだからと。

つばくろの　ただ急ぎしに　母の顔

親鳥の　とまどいなしに　梅雨空《つゆぞら》へ

日頃は韻文世界に無縁な生活を送りつつも、例外的には『智恵子抄』とともに斎藤茂吉作〝のど赤き……〟は、何時頃からかつねに脳裏に。梅雨空から軒下の巣へ疾駆する燕の姿は、極めて印象的と言えます。

茄子《なす》笑《え》みて　漬け物やらんや　糠《ぬか》さがす

糠漬け用に用意された市販品があり、意外と手軽にできました。ただ数量とか漬かる（＝食べる）順番を考えると野菜を選ぶのが難しく、スーパーへ行くたびに悩みます。保存（漬かり過ぎ）の方が気を使うかもしれませんし、更には糠をかきまわすのも毎晩となるとかなり面倒であり、どこまで続くやらは、はや不明。

●心象風景的に――

波がしら　寒月に似た　心映《は》ゆ

言葉舞う　軽《かろ》きにすぎて　梅雨最中《つゆさなか》

「言葉」を発することの難しさ、もしくは責任、さらには心性の表徴というようなことをあらためて感じており。これらは自身に対し、つねに問われていることだと自覚して。それにしても「言葉」は難しいですね。

蒼《あお》き風　梅雨《つゆ》の間《ま》抜けて　届きおり

●補選――

捨てし、なお「3・11《さんいちいち》」に 心ゆれ

何時頃からか、諸々の関係性を極力捨象し、なるべくシンプルに生きたいと願ってきましたが……。

かつて〝(上の句＝略) 身捨つるほどの 祖国はありや〟と詠った歌人がいました（〝祖国〟は適宜、何にでも置き換え可能でしょう）。自分にとり、己れが身を置く社会もしくは国家とは何んなのか、あらためて考えてしまいます。以前は単なる反発あるいは消極的忌避だけに終始していましたが、〝……祖国はありや〟、こう問わざるを得ないことに、ややさみしさを感じるようになり。

平成二十三年七月〜十二月

●日々の生活から――

軒下に　風鈴ゆれん　鎮魂の

野良猫《ノラ》どもも　涼《りょう》をさがすか　月の道

帰り道、車はあまり通らないほどの狭い砂利道に、何匹かの猫が横たわっていることがたびたび。いかにも居心地いい場所をさがしているようで、思わず〝おまえもか〟と語りかけてしまい苦笑い。

糠漬けの　自己をアピールと　夏野菜

ひとり住まい故、同じ種類を連日にわたり食べるのもけっこう大変（パックに入って売っている量が多いとか、二〜三種類がつねに漬けられており）。まあ漬け物は好きな食べ物故、毎日ながらアキルことはありません（できるならば違う種類がいいなと呟き）。漬け物一皿ふえるだけにしろ、彩り鮮やかに食卓らしく？（思わず自分には合わないフレーズになってしまいました）見えます。暮らし上のちょっとしたアクセント？

無頼派と　気取りし乱る　短夜《みじかよ》か

相変わらずの週末ですが、失敗ばかりもそのまま（以前に比較すれば、少しはマシになった？）。おそらく今後とも変わることはないのでしょうね。

つね見しが　浴衣《ゆかた》まといて　女《め》、変わりぬ

髪型をアップにしたりお化粧も大胆に変わることが多く、日頃から見慣れたはずが思わず、「ドキッ！」としてしまうことは？　日頃は殆ど見かけませんが、母親の影響があるのか、やはり和服姿に惹かれてしまいます。ただし振り袖のように大仰な装いではなく、浴衣程度のあっさりした日常着的な姿に下駄を履いて、がいいですね。それに和装となれば、おそらくそれに見合った言葉遣いや仕草も附随し好ましく感じられたりと。

湖面燃え　煙火送るか　黄泉《よみ》の国

八月十五日、諏訪湖湖上花火にて。一見例年と同じようですが、やはり漂う雰囲気は……。〝いつものように〟とか日常性の意味合い・連続性に関して考えざるを得ないでしょう。さらにそれらの脆さについても。

花火《すがた》見ず　音のみ流れ　独《ひと》りあり

九月の湖上花火（第一土曜日に開催）は雨模様。自分としてはめずらしく飲みにも出ず、でした。窓の端から小さく見える花火と、十秒程遅れてかすかに聞こえる音とを。もっとも新作花火もかなり人出が多くなったようで、時々行くお店などは殆どが休んでしまい、毎年とも花火の日は行くお店にけっこう苦労します。

怜悧なる　大気刺さりて　憂国忌

十一月二十五日朝は寒風強く、思わず身震いを。ひたすらに耐え忍び（と言うよりひたすらに行動し続け）、そして諦念に至った（美意識として自他すべてを許せなかった。独断ながら、そう思います）三島さんに、あるいは「憂国忌」にふさわしい気候かななんて思いながら。映画『人斬り』に出演した三島さんの役柄もそうでした。

年齢《とし》捨てん　ストール選びし　女性《おとめご》に

通販カタログで見かけたストールが気に入ってしまい、前後を考えずつい申し込み。その行方は〝?〟です。似合いそうな人がいたかどうかは別問題として、唐突に渡された相手も随分と困惑したことでしょう。具体的に相手を想定しながら何かをさがすのは嫌いではないにしろ、やはり無節操ですかね。

●アルバムから、母へ――

艶然と　立ちて、ゆかた女《め》　母なりと

日頃から和装で過ごすことが多かった母は、時期になれば町内各地にて頻繁に催されていた盆踊りへ時折り出かけ、それは子供心にも姿良く見えました。

「母の日は　なかったわ」と言う　幻影《かげ》浮かび

秋のお彼岸に。
結局、喜んでもらえるようなことは何もしませんでした（自分自身の基本的なありようは、現在に至りながら何も変わってはいないでしょう）。生前、こうしてほしいと求められることはなく（日々の僅かなお手伝いは別にし）、また殆ど叱られることがなかった（恐らく）分、今になって責められているようで……。こんなふうに考えられるようになったのは、ごく最近ですが。

リンゴの皮　むきつ走るか　母若く

小六、地区の町別対抗運動会（近くにあった野っ原が会場）に参加して。母親による〝りんごの皮むき〟（むいた皮がどれだけ長く続いているかを競います）なんていうユニークな種目があり、皮をむき小走りに駆ける姿は、かなり自慢げのようでした。自分も長距離リレー他に出場、俺らが住む小さな町が何故か総合優勝を。多分それだけ参加者が多かったのでしょうね。

●心象風景的に——

無力さを　刻みし「3・11《はる》」に　明日を問う

社会システムとか環境、それらがどのようになっていくのか……。個々人それぞれに突きつけられた、60年代以降つねに存在する古くて新しい問題。どこまで見続けられるかは、自分の年齢から言って残念ながら「?」ですが。日本近・現代史的に見れば、今までがそうであったように、おそらく基本は何も変わりはしないだろうと思いつつ（勿論、最近の社会的動きの中から、わずかにしろ期待したい部分はあります、が……）。

思考なく　ただ眺めおり　おぼろ雲
声上げぬ　責はありとや　蟬時雨《しぐれ》

〝沈黙（声を上げない）〟は現状追認、肯定することではないか。長い間にわたりこう考えてきました。〝沈黙せざるを得ない存在的悲しさ〟を一方において認めるにしても、大きなものに対してこそ意思表示をし自分の立場を確認する。個々人が生きていく上で、何が最も大切なのかが問われるのだと。

かすかなる　虫の音《ね》に、我《わ》が　行方見ゆ

我《われ》の前　紅《あか》き林檎《み》ひとつ　輝きて

幾つになっても、ただただときめいていたいと願い。対象がいるかどうか先ず問題ながら、それは置きます。無謀を承知で、かつ極めて一方的であるにしろ、いや、だからこそ自分なりに対象を選択する必要はある（ただし相手側からは、さらに厳しく選別されることを覚悟して。それでも、かなり困難でしょうね）と思いますが。

ときめきは、いわば自身存在のメルクマールのひとつと言うべきか。と同時に、いつまでも多面にわたり緊張感を有していなければと自戒しつつ。そして、課題はどこまで抵抗し続けることが可能か……です。

ひねくれし　一茶《いっさ》、見倣《みなら》うか　年の暮れ

かなり以前に読んだ田辺聖子さんの作品から。最近は時間（残り？）に追われている脅迫観念からか、小説類をあまり読まなくなってしまい、多少は情緒不足？かも。一時期（四十代半ば、何も考えなかった頃）は、他に興味をもてるものが見つからず、司馬遼作品に熱中したものですが。各作品に共通する、〝坂の上の雲〟をめざし明確な目的を持った（見つけた）男が有する強さに、ある種違和感を抱き、それでいながら読み耽りました。

●補選――

瞬間に　花火散り、また　湖面《うみ》静寂

華やかさとはかなさ両面を感じさせてくれる花火。その一瞬が醍醐味ながら、すべての〝祭り〟と同様に、終わった後の寂寥感は何んとも表現できず。

冷気しむ　少なくなりし　虫の音《ね》と

平成二十四年一月～六月

●日々の生活から――

ラジオ鳴り　文字追いかけて　去年《こぞ》今年《ことし》

三十一日夕方から元旦にかけては、日頃と異なりただただ読書？にて経過。連休は、時間を気にせず本を手にし続けられるのが何より。三が日の間、寄席中継的な演芸番組（ラジオ）がなく不満でした。

蒼天に　氷々《ひょうひょう》の諏訪湖《うみ》　キリキリと

四年ぶりに小さいながら御神渡りが出現。全国向けニュースに取り上げられたためか、湖岸には遠来の見物客も予想以上に多かった（よく見える場所では車両渋滞とか）ようです。

湖《うみ》めぐる　灯《あか》りまたたき　寒去来《かんきょらい》

暖かさとともに、同じ灯りが暖色めいて見えるのが不思議。長い厳寒の季節をようやく乗り切り、〝ビン抱え〟て出かけられる季節も間近、気分的に安穏となります。反面、これが〝自分にとっての日常〟かと、やや寂寞としながら（このあたりが以前と異なるところです）。

故郷《きのう》失《う》せ　明日《あす》は見えずも　「3・11《はる》」はまた

この間、「漂流」なる語が自分の眼前をくりかえし漂っています。さらには、沖縄・拉致を含め「棄民」なる語も。歴史的観点から翻って考えるとすれば、やはり〝統治機構=国家とは何か〟、あるいは〝国家と個人の関係性〟という点に帰着するのでしょうか。

一方において「ふるさと」とは、個々それぞれにどのような意味を有しているのか、若い頃から気にはなっていました。〝ふるさとは　遠きにありて　思ふもの……〟。二十代は多分にそんな対立的な気分に浸って経過したのですが、近年になりパトリオティズムとかマルチチュードの可能性みたいなことをやや囓りつつ（個人の〝善意〟を無前提に信じるということではありません）。さらには個々に〝回帰可能なふるさと〟が存在するかどうか（実際に回帰するしないにかかわらず）が、アイデンティティの確認として、また安心《あんじん》をもって生きていく上で大きな問題なのではと。

祈り抱《も》ち　芽吹き求めん　野に山に

無為なりに　経《へ》し二十年　おぼろならん

再開？された諏訪での暮らしが、二十年になりました。当初から予測できたことにしろ、この間ただ流されるばかりの日々、あらゆる面において主体的に何をなし得たという自覚を持てず、自身ツライところがあります。以前と異なるのは、自分の年齢と両親がいないこと……。

「突入！」の幻聴《こえ》、なお響き　6・15《ろくいちご》

「60年」は直接に体験していませんので、生な皮膚感覚としては不明です。「68〜71年」はいいにしろ悪いにしろ、今もって自分の生き方を大きく規定しているものと思われます。さらには仮にそれらを否定してしまえば、自己の存在自体を否認することにつながるのではと。二十代後半から四十代半ばまでは当時のことを何も考えられずに過ごしていましたが、それ以降は、過半が意味をさぐるためにあるのかもしれません。

鳳凰が　睨《にら》みし憂き世か　梅雨《つゆ》あい間《ま》

北斎に触れたく、小布施へ。八十代になって小布施を訪れ制作したという寺院と屋台天井画の〝鳳凰〟がつとに有名。特に岩松院本堂の天井絵『八方睨み鳳凰』は、本来からあった場所において極彩色そのままに作者の意図を実感できるめずらしい例かも。通常思い浮かべる〝鳳凰〟から離れ、あたかも下界を見張っている、あるいは叱責しているかのような姿は、やはり北斎ならでは？小布施は、何カ所かの場所を含め貸し自転車で遊覧するには、程よい距離でした。

風狂の　画人ありしと　暑も初め

ただ一つ、己れの才能のみに専心し他はまったく顧みようとしない、日々の生活すらも……。〝自由人〟になるためには、やはり特別な才能と強靱な精神力が必要なのかとついつい考えてしまいます。葛飾北斎は魅力ある人物だけに多数の小説に登場しているのでしょうが、自分的には井上ひさしさん作品（主人公でなくエピソードの一話にわずか登場）が、他の人物造形を含めアイロニカルなおもしろさを有し抜群なのだと。

●古いアルバムから、母へ――

いくたびの　入学ありて　母、悲愛

経済的に余裕がないことを皆が承知しながら、高校から大学（奨学金とバイトを前提にしろ）へと、母は何を感じていたのか。仕方ないわねといった感じ、いつも無言でいたようで。今さらですが、あらためて考えています。ただ、これは自分自身の生き方そのものに直結する問題だけに、けっこうシンドイ部分があり思考が進みません。

神妙に　母が供《とも》せん　桜《はな》の城

昭和四十四年春、消耗して諏訪にいた俺を母は連れ出し、何故か理由はわかりませんが上諏訪にある高島城趾（かつては〝諏訪の浮き城〟とも呼ばれていたとか。明治初期に破却されたものが、天守閣等を再建中でした。桜の名所でもあり）へ。食事に寄った駅近いお店（当時としては高級の部類に入ったでしょう）はまだ営業を続けており、年に何回かはブラブラと覗きに行き食事を。二人して歩いたのは、これが最後でした。この折り、自分で母を撮った唯一の写真が手元に残っています。

ざる満たす　桜桃《おうとう》匂い　母なる手と

近くに居住する母の知人から毎年いただくサクランボを、時期近くなれば木を眺めに行き、とても楽しみに待っていました。無頓着に食べていたサクランボが、かなり高価な果物だとは後年知り驚きでした。他にも近所の方々（農家さんが多かったですね）から季節毎の野菜をはじめ林檎とか胡桃・柿などを沢山いただき、母親の仕事と併わせ見れば（やはりいただき物であった大量のイナゴや売れ残った商品等）、貧困が一般的（？）ではあったと言いながら、食生活は案外と豊かであったのかもしれません。

●心象風景的に——

バーボン《びん》片手　白鳥《とり》漂《ただよ》うを　眺めおり

諏訪湖は、コハクチョウ他何種類かの鳥の越冬飛来地でもあり（早朝から保護に努める方々や見学者が）。数多くが氷上に舞う姿を、寒風にさらされ眺めるともなしに。漂泊することへの漠然とした憧れと恐れ。自分では、相変わらずの漂流感覚？

かの鳥は　何色《なにいろ》ならん　寒しぶき

若山牧水作の、良く言えば本歌取り？　自分がはたして〝何色〟なのか興味あるところではある反面、何色にも染まらない強靭さをこそ身につけたいと思いつつ。それとも逆に、変幻自在なカメレオン的生き方こそ理想的か。

可能《あたう》なら　一新《いっしん》せんとや　春嵐《はるあらし》
めぐり来《こ》し　つばくろありて　来《こ》ぬを想《おも》う

四月三日作。

●補選——

刹那なる　造形見せし　御神渡《おみわた》り

高さが数十センチ以上になれば、かなり壮観（今年は三十センチ前後とやや物足りないかと）。近寄りローアングルから見上げると、自然の妙がひときわ際立ちます。ただ現在では安全面から、氷上へ出ることは難しいかも（上社・本宮近くにある諏訪市立博物館へ行けば体感コーナーが。けっこうリアル？）。高校時代までは、諏訪湖でスケート大会や競って徒歩横断をしていましたが。岸からかなり離れ歩むうちに突如「バリッ、バリッ！」と、氷が割れるような音に驚かされも。

荒々しく　御神渡りあり　神に似て

問い直す　「3・11《さんいちいち》」に　何変《か》わり

「言葉」が本来的に有する安直さ、そして裏返しに存在する厳しさや困難さ。いずれにせよあくまでも自己に対し向けるべきでしょうね。他に向け発した「言葉」は、いずれ飛礫となり跳ね返ってくることを覚悟して。

バーボンの香《か》　ひとり追いかけ　湖《みず》ぬるむ

平成二十四年七月〜十二月

●日々の生活から——

北斎の　幻影《かげ》追いかけん　栗の花

小布施にて、続き。

ザック背負う　父娘《おやこ》並びて　陽炎《ゆら》ぎしか

観光ハイクに訪れた父娘でしょうか、通勤の折り見かけ。十歳くらいの女の子と父親らしき男性。もし父娘とすれば、今時の娘さんにしてはめずらしいほどに心やさしいのでは。早朝からジリジリと陽に照らされ魁塚前を黙々と歩む姿がとても印象的でした。

髪かざり　浴衣《ゆかた》見せつけ　妍《けん》、競う

時々行くお店の〝浴衣祭り〟にて。外野から見ればなかなかに楽しい風景。それが着用する人に似合う・似合わないは問わないものとしますが、それぞれが可愛らしさ（無責任な評価という意味です）を表現しようと努力？する姿に敬意を。さらに華やかな中に裏に秘めた熾烈な争いを感じます。あの人には負けないというような……。

つね慣れぬ　浴衣姿《よそおい》なれど　そは別して

同。お気に入り！の若き？（自分と比較すれば、皆が若いのですが）女性へ向け作りました。〝つね慣れぬ……〟としましたが、決して似合わないということではなく（毎度ながら言い訳を）、また詩作に対する当人の感想は、残念ながらまだ聞いていません。いつかは尋ねてみたいですね。お気に入りの理由は、説明がなかなかに難しくノーコメント。ごめんなさい。

派手ではなくさりげないオシャレを感じさせる人がいい（要はその人にバランス良く似合っているかどうかがポイントだと、きわめて主観的ながら）です。通りすがりなどにそのような人を見かけるだけで、こちらの気分がウキウキしてきます。ただし、彼女を含め全員がお店ではいつもお仕着せ（いかにも的なスーツとか）なので、ふだんの装いや好みは知りません。

この暑さ　いかに過ごさん　バーボンにらむ

旧盆のお休みに。

逆療法的にバーボンをとも思いましたが（ビールは殆ど飲まないため。持って歩くには不都合が多く）、やはり躊躇する部分もあり、でも結局は……。暑いにしろ寒いにしろ、身体は一段とワガママになってしまい、デス。

やさしさとは　激しさの謂《いい》か　熱風《かぜ》受けて

中島潔さんの「奉納襖絵展」（長野市・水野美術館）にて。作品の前に立った瞬間、一般に言われる〝やすらぎ〟とか〝やさしさ〟を超えて、奥底から噴出する直向《ひたむ》きな激情が、こちらの身を撃ちます。作者が制作に向き合う姿勢なのでしょうか。『あぶさん』に出てくるほのぼのした潔さんとは、大きなギャップあり。襖絵としても定型的な花鳥風月や竜虎ではなく、童等を題材にしながら〝今〟を感じさせる新しさがあるのでは。実際に清水寺・成就院に収まっているところをぜひ観たいと念願しつつ。

いわし雲　熱情かくし　風の画家

同。金子みすゞさんの詩作とは異なる質の、明かるさと〝激しさ〟にとまどいを感じ。かつ、二人の作者の異同がどこにあるのかを考えます。お二人が過ごして来た時代性、あるいはそれぞれが背負って来た、背負わざるを得なかった境遇等の相違？　みすゞさんが有している他者への裏返しの眼差しと悲しみをより強く思いながら。

菅笠の　乙女彩《おとめいろど》り　もみじ舟

四年ぶりとなる倉敷へ。仕事はさておき（一応は完了させました）、行くことがとにかく楽しみ！　相変わらず訪れる人は多いですが、あちこち歩き回れば毎回とも新しい発見を。レトロ風に造作したお店にて飲んだホッピーが、雰囲気的にマッチし満点。さらに倉敷は、瀬戸内沿い・四国・日本海側各地へ足を延ばすにも便利そう。今回は伯備線を利用し、境港＝鬼太郎一家の故郷までお邪魔してしまいました。

なまこ壁　蔦紅葉《つたもみじ》映え　歴史見ゆ

同、倉敷にて。

孤立せし　情念いずこ　憂国忌

三島さんの作品は、評論を除いてあまり好みではないため（やはり、人の生き方＝思想性と作品は別なのかと思ってしまいます）、大部分を読んでいません。一・二に関しては久しぶりに読み返したいと思いながら、なかなか実行できず。三島さんに関する評論は経緯の特殊性からか、最近に至るまでかなりの数が出されているでしょう。さまざまな分析・解釈が噴出、いずれにも触発されおもしろく読めます。

かくありて　心、浮沈の　師走入り

ちょっぴり期待できそうな約束（個人的なです）ができた直後、自分の些細な怠慢から大きな失敗（仕事上の）を。自分としてはめずらしく気分的に落ち込んでしまい、しばらくはウツウツと。

清烈たり　雪ヴェールまとい　魁《さきがけ》の碑

十二月二十二日、十センチ程の積雪が石碑上部に。心象的に先月の「憂国忌」と重なってきました。

●古いアルバムから――

巴里祭《ぱりさい》と　知った誕生日は　いつもカレー

本来は「フランス革命記念日」と言うべきも、字数が多すぎ。お正月以外では、俺らにとって多分カレーが最大のご馳走だったようで。地区において開いていただいた「子供の日の会」でも、毎年とも母親たちが調理した食べ放題カレーが出され、それだけで皆が大喜び。

ついでに――高校時のコンパも毎回ともカレー（これは主に女子軍が調理です）から始まり、暗くなれば各々が飲み物を調達、殆どが水月園に隣接した山へ向かうことに。下諏訪以外に参加する場合も、主催グループ毎に行く場所が定まっており、それぞれがけっこう大胆にすぎましたが、詳細はやはり㊙です。いったい朝まで、俺らは何をしていたのでしょうかね。

駄々こねて　しゃがみし子あり　湖上花火《はなび》の夜《よ》

四・五歳の頃、わざわざ上諏訪まで見物に行きながら路上に寝っ転がってしまい、その状態からなかなか動こうとしなかった（語源も意味も不明な言葉の〝いぼっつり〟とよくからかわれました）とは、この季節いつもながら出た話題。その後、家族とともに行った記憶はありません。混雑する湖岸会場へ出向けば、こんな子供の姿を時々は見かけるでしょう。

行商《ぎょうしょう》の　母迎え、新米《こめ》　運ぶ我

小学四年頃から高三までは、時には駅へチャリを走らせ（まだ電話は入っておらず、戻りそうな列車の時刻を見はからい）、ささやかに手伝いしたことも。大きな荷物を積んだ帰り道に同級生（とりわけ女子）と行き会ったりするのは、ちょっぴり恥ずかしかった時もありデシタ。

母言いし　「七五三《しちごさん》よ」と。　学校休み

初の七五三詣りは、俺が小学生になってから。下社・秋宮へ行き、拝殿へ上がって宮司さんによりお祓いを。五歳時にはお詣りに行っていませんから、ようやくに多少なり余裕ができたのでしょうか。境内にて営業していた写真屋さんにより、千歳飴を提げたオシャレ姿を撮影までしていただきました。

●心象風景的に――

麦藁帽子《むぎわら》の　匂い放せし　子ら、何処《どこ》へ

高天に　十六夜《いざよい》ありて　映《うつ》すは何

色づきて　歌声《こえ》流れたる『初恋』の

高校時代、コンパ等でよく唄っていました。他にもやや古い寮歌から叙情歌や青春歌謡までさまざまなジャンルの唄がレパートリーに。コンパ用の謄写版刷り歌集（他では大声で唄えないような、伝承的傑作？を集め）までありまして、何故か今も本棚に置かれています。すでに変色を通り越し、文字が薄すぎて読めない部分ありですが。まさか今では唄っていないでしょうね。

●補選——

常ならん　らしさを放ち　ゆかた女《め》が
やすらぎに　あふれし絵画《え》あり　涼風《かぜ》吹かん

中島潔さんの作品展にて。童謡を題材にしたものから絵巻物・浮世絵的な美人画まで多彩。作品により受ける印象が大分異なります。

平成二十五年一月〜六月

●日々の生活から――

心身の　抗《あらが》いたりや　乖離《かいり》せん新春《はる》

体力の衰えは年齢相応に当然ながら、日々の言動（精神の動き？）がますます短絡化へ。時には逡巡する場合があるにしても、やはり自分の感情に最大限正直にいくしかないのではと（それがどこまで続くかは考えないことに……。二十歳《はたち》前後がそうであったように）。

自作への付け句（？）。

将来《さき》は見ず　ただ現在《いま》のみと　新年《あらたま》に

女性《め》運転《ころが》す　隣り、バーボン《びん》抱え　三が日

助手席にて飲みながらドライブへ。言わずと初めての経験！　またこのような機会があれば、と思いつつ（よくばってはいけないし……）。

映画観《み》ん　建物消え去る　弥生かな

高校時代、上諏訪〜岡谷には合計七・八軒の映画館があったのですが（現在は岡谷にシネコン？が一館のみ）。土曜日は当然、午前中のみであった試験中や授業をサボったりと月に五・六回は通っていました。アクション・やくざ・青春・文芸、とにかく映画ならば何んでもよかったですね（成人指定は？）。今もって映画の話しはこの辺りがベースになってしまい、いつも笑われています。カラオケのモニターに流される古い映画（殆どが日活のようで）が見られれば、それだけで言うことなし。当時「三国座」（下諏訪）と称した映画館もいつやら廃業しており、その建物では数軒の飲食店が営業中でした。それもしばらく行かない間に、建物自体が取り壊され住宅へと。意外とせまいスペースにびっくり。

巡《めぐ》りたる　「3・11《はる》」とは。曙光《しょこう》　ありやなしや

飄々《ひょうひょう》と　削《そ》ぎ落《お》つ向こう　笑《え》みし陽炎《かげ》

三月十六日、上野・国立博物館「飛騨の円空」展へ。

三十年以上前に「円空仏」に出会っていながら、数年前、たまたま梅原猛先生（日本を代表する思索者のひとりだと思います）著『歓喜する円空』を読むまで、まったく忘れていました。

おそらくは自他の精神的安寧のみを目的に、一所定住せず各地への行脚と質量両面にわたり卓越した神仏像制作に過ごした人生。人間は、生涯を通してどこまで意思的に生きることが可能なのかを考えさせられる、極めて希有な存在なのでしょう。

放浪《さすらい》て　芽吹く山野へ　仏像《ほとけ》、置き

同。

修験者＝円空は十二万体造顕を発願、足跡は近畿から北海道までに及び、現存五千体以上が確認されているとか(前著による)。寺院に安置され通常見慣れた端正にすぎる造りの仏像等と異なり、大部分があまりに素朴（あるいは破形とも）かつ柔和な表情をしている円空仏。あたかも私たちの周辺に植生している草木のかげから、にこやかな顔をひょっこりのぞかせているようなアニマ的な神仏像。人々とともにある原初的な信仰を具現化したものと実感できます。

足湯入《い》り　花冷え愛《め》でん　人々が

上諏訪・湖畔公園、間欠泉センターに隣接して。桜咲く季節といいながら、やや肌寒い日が続き大賑わいの様子。上諏訪駅の上り線ホームにあった浴場が、いつ頃からか足湯に変更。これはこれでやや残念とも。

4・28《おきなわ》に　言葉失《う》せさせ　分離の日

「クラフト」と　呼ぶ、軽み消さん　青嵐《あおあらし》

五月二十五日、「クラフトフェア　まつもと」にて。多彩な出品作が放つ重厚な印象からは、適切な用語が見つからないまま〝クラフト〟なる言葉に多少の違和感を。会場「あがたの森公園」は、旧制松本高校（北杜夫さんの母校であり、『どくとるマンボウ青春記』の舞台）があった場所、当時の建物が一部保存されています。駅との往復を歩くのはややシンドイですが、意外と興味深いお店もあり。ただ駅周辺は飲食店がかなり多く驚きです。

夕まぐれ　訪《おとな》うなきに　梅雨入《つゆい》りか

五月二十九日、魁塚にて。

唐突に　「新ジャガ！」言いつ　チップス、カリッ！

例のごとく週末飲みに行った際に。他愛ないお喋りばかりでなく、時々見せることがある、関連した句作に先ず批評を受け手直ししたりと。作物に「新」がつくと、本来とは異なる季節（季語）になると教えられました。

●古いアルバムから――

歌手見入り　目、細めて母　みかん手に

昭和三十年代後半、我が家にようやくＴＶがやって来た頃の風景。自分が小学生であったそれまでは、ほぼ毎晩のように近所随一のお屋敷（古い言葉ですね。この一軒だけが保有）へお邪魔しＴＶ観賞させていただきました。母はＴＶをあまり見ませんでしたが、ただ島倉千代子さんの唄は好きだったようで、お休みの時など画面に合わせ小声で唄っていました。若い彼女の唄に、おそらくは自分の娘時代を重ねていた、そんな気がします。どのような子供・娘時代であったのか、何故か聞いたことはありませんでしたが。我が家全般においてだけではなく、自分にとっても、何も考えないで過ごすことができたこの時代が、最も平穏であったのかもしれません。

墓参なく　寺の坂道　ソリ、疾走

子供らにとっては、至る所が冒険を伴なう遊び場に。慈雲寺を通り抜け水月園へ向かう坂道。雪が凍結した急坂（左側は疎林ながら谷状に落ち込んだ斜面）でのソリ遊びは、とりわけスリルに満ちたもの。各々が工夫を凝らした自作のソリを滑らせ、出来映えと反射神経を競っていました。中にはハンドル（前駆部？）を別付けしたスクータータイプを作った者までおり、周囲からは羨望の的。俺はと言えば、自分では上手く作ることができず（工作はかなり苦手であった上に、我が家には手頃な大工道具が少なく？）、いつも遊び仲間から使用しなくなったお古をいただきまして。

揚げたてと　タラの芽、熱きが　笑い呼び

揚げ物は母の得意料理？　多かった山菜・野菜天麩羅の他、時には売れ残った魚や肉を揚げたものがあり、事情を考えない俺は「おごちそうね！」なんて単純に大喜び。鯨とかが感覚的にナマ物ではなく、常に揚げ物としてあったようです。諏訪は海から離れた山国、元来から海魚類のナマ物はなじみが薄いとは言えるのですが。

●心象風景的に――

大気凍《ひ》え　飛礫《つぶて》とならん　如月《きさらぎ》に

古道行く　人々おおい　青葉なる

下諏訪は門前町であると同時に、古く中仙道と甲州街道が交差する宿場町でした（温泉が自慢？　銭湯ではなく公衆浴場が何カ所かあり）。現在に至るも秋宮周辺を中心に多少は面影を残しています。また旧道巡りも静かなブーム、六十代を中心に歩いている方々を見かけることが多くなりました。伝説を伴なう源泉から引かれた、歴史いっぱいの「児湯《こゆ》」・「旦過《たんが》の湯」といった公衆浴場もお勧め。早朝からゆったりした気分にひたれるでしょう。

玄鳥《つばくらめ》　言いし名をこそ　遠ざかり

●補選——

湖《うみ》飾る　風紋出《い》でつ　雪降りて

二月二十一日作。

氷結した諏訪湖に積雪が（今季はけっこう降雪回数が多く、自転車通勤は難渋しました）。風にあおられた氷上の様子は、平面的ながら瞬間に変化するちょっとした天然の美です。時にはただぼんやりもいいのでは。

祈りあり　萌《も》ゆる山河に　円空の

円空さんの生き方は、時代を越え信仰とか〝祈り〟の本質、もしくは基本的なあり方を根源的に問いかけます。行基大僧正・木喰上人、関心を持つ人物・事象は多数にすぎ時間があまりに足りないと。

手向《たむ》けしや　花、萎《しお》れおり　梅雨寒《つゆざむ》に

魁塚にて。

白き制服《セーラー》　眩《まぶ》しげに跳《は》ね　衣《ころも》更《が》え

以前は女子高（現共学）であったところの生徒さんが街《まち》中《なか》を闊歩！する風景。数十年以上にわたり着用し続けられている夏用制服、いかにも女子高生といった趣きに今もってカッコイイと思います。現在ではそれぞれが誇示するオリジナリティを加味したファッションセンスに、時々ハッとしたり笑いをこらえたり。季節に合わせ、楽しみな部分ではあります。

幾多あり　斃《たお》れし人の　6・15《レクイエム》

どのような時代にあっても、大なり小なり〝変革〟へ向けた歴史づくりへ主体的に参加しようとし、志かなわず荒波の彼方へ没した人々が多数いることでしょう。自分のまわりだけでも、その後わずかな期間に自死した人間を含め数名が。彼らの笑顔が、そして彼らの叫び声が当時のまま心に染みついています。

平成二十五年七月〜十二月

●日々の生活から——

舟を曳《ひ》く　起源訪ねん　夏祭り

八月一日、諏訪大社下社・お舟祭り。諏訪は周辺を幾重の山々に囲まれた小さな盆地であり、海とは遠く離れています。それでいて夏祭りでは、太い角材を組み合わせた構造船（と思われます）的な山車《だし》（ある資料によりますと幅四メートル余り、長さ八メートル余り、高さ三メートル余り。重量は約五トンとか。車輪なし！）を、春宮から秋宮へ向けた遷座行列に続いて曳行します。諏訪大社に関して最大はやはり〝御柱〟の問題でしょうが、これは別格にして、安曇野・穂高神社（同名称の〝お船祭り〟あり）あるいは出雲・美保神社（主祭神が兄弟？

舟にまつわる神事）との関連有無等、古代から中世に至る歴史への追憶は尽きません。

参道は　木《こ》洩《も》れ陽《び》て、苔　浮遊しか

同十六日お昼前後、下諏訪・慈雲寺境内にて。前夜は夕方から天候大荒れとなり、諏訪湖大花火大会も開始直後に中止へ。一転した日和りの中、苔むした参道の石畳や石仏、絵画的景観に日頃とは異なる印象を。

湖《うみ》向こう　遠花火《とおはなび》映《は》ゆ　寂々たる

岡谷側の湖畔から上諏訪方面を（一カ月以上にわたり連夜、短時間ですが花火あり）。数キロ先に小さく展開する湖上ショー。色はくっきりと鮮やかながら音はなく、加えて闇に閉ざされた周辺に誰もおらず……。持参したチューハイやバーボンを飲みながらひとり眺めるさまは、以前の五木寛之さんふうに表現すれば〝旅の幻燈〟とでも言いましょうか。

暑ただ中　マンダラなるに　触れんかが

東京・根津美術館「曼荼羅展」へ。あまりの暑さに、持参していたバーボンすら口にできないだけではなく、印象はただただ散漫なままに終始、まったく惨敗でした。取り組む姿勢を含め、考え方がやや安直であったと反省を。密教もしくは空海＝弘法大師に関する書籍は多数あるのでしょうが、なかなか〝これだ！〟と思われるものに出会いません（努力不足ですかね）。司馬遼太郎さん『空海の風景』は何回か読みました。司馬さんの作品は、どれも物語性と人物造形が細部まであまりに秀逸に過ぎ、実際の人物もそうだったかとついつい錯覚してしまいそうなところが、ひょっとしたら難点なのかも。

今日《きょう》着しの　色相《いろあい》、シックと　ゆかた女《め》は

恒例〝浴衣祭り〟にて。昨年はどんな浴衣姿だったか自分に記憶なく（理由は不明？　句は作りました）、後日、お店にて撮ったと言う三年分の写真を並べ品評会（対象は浴衣、それともご当人？）。ああだこうだと感想を述べた末に、自分としては水色を基調にした今年より濃紺の一昨年の方がバランス的にいいと、つい余分な発言を（これが常に失敗の因なんでしょうね）。ちなみに今年着たものは、彼女のおばあさんが愛用していたとか。

ゆるゆらり　自転車《チャリ》走る朝　涼風《かぜ》ともに

九月十二日、朝の通勤時に。大気の組成が変わったらしく、ようやくに多少の涼しさを感じ気分がラクに。

薄月《はくげつ》ら　背に、秋あかね　群舞せん

九月十七日夕刻、ただ一回だけ見かけた光景です。林檎の木にかかった十二夜の夕月に重なり、いかにも意図して集まった感がいたしまして。

遅咲きか　つる花の藍《あい》「宇宙《コスモ》」見せ

植物類に関してはまったくわからない（そう言うなら他分野はどうなんだ、なんてツッコミはなしに）上に、通常はあまり目が向きません。が、九月中旬になりながら、一本の朝顔らしき花が何輪か艶やかに咲いている姿に驚きをもって。赤、青……。手持ちの貧弱な語彙では表現不可能な深い色彩は、とりわけ印象的でした。

老いたりを　笑うや車窓　十三夜

私用にて出かける際には殆ど電車を利用しています。十月中旬（夜間）に乗った時、反対側の窓に映った己れの姿がたまたま目に入ってしまい、自分ながら思わず愕然と。洗顔時など日頃は気にならないはずが、離れて見ただけにより客観的だと言ったところでしょうか。それにしてもかなりショック？　いやいや当たり前？

潤《うるお》しつ　紅葉《もみじ》に呵々《かか》と　龍《りゅう》の口《くち》

慈雲寺石段登り口＝旧中仙道に面し、開いた口から清水を供する龍頭姿の石像が。大柄な人間が中腰に屈み、前に大きな手水鉢《ちょうずばち》を抱えている構図とでも言いましょうか。地元では江戸時代文政期頃の作と伝承されており、表面はかなり摩耗、それだけに〝歴史〟を主張しています。また、「万治の石仏」もそうでしょうが、無名な人々が有する基本的な〝祈り〟のあり方、他者に対するあり方を今に生きる私たちに示しているのではと思います。

太古より　祈りのカタチ　爽籟《そうらい》か

十一月上旬、松本市立博物館「発掘された日本列島」展（巡回展）及び東京芸大美術館「興福寺仏頭展」から。様式として完成されたと言える飛鳥時代以降の仏像等（「仏頭」は白鳳期、あまりに端正にすぎます）と比較して、あるいは制作主体の相違を考えながら、土偶や埴輪等々出土品を。土偶に共通して見られるただなる生存への祈り――原初的なものほど、その思念がより深く根源的に表現されているのではないかと。同時に、数千年前の造形美にただただ感嘆。

みやげなる　「栞」飾りて　寒き夜《よ》も

京都・高台寺にあるショップ限定、同寺所蔵の蒔絵『花筏』を写した工芸品的な栞です。

思念とは　輪《りん》廻《ね》ならんか　憂国忌

●古いアルバムから——

夏季休暇《やすみ》前　ファイヤーストームに　ただ走り

毎年七月上旬には通っていた高校の学園祭が実施され、何故か三年間とも担当に。現在は禁止されているようですが、クラブ活動も含め準備等を理由に長期間にわたり部室や研究室（先生の）を転々と宿泊。当然ながら、何人か集まり毎晩がコンパ状態でした（午前中に出ていた授業はやはり休憩時間となり、昼食後は準備活動へ）。先生方も諦めていたのでしょうね。

浮島《うきしま》に　川プール出《い》でん。　子らハシャギ

まだ通う小・中学校にプールがなかった頃。春宮横を流れる砥川・浮島（大水があっても沈まないという伝承あり）に、ＰＴＡの方々が期間限定の即席プールを。それでも水深は一メートル程度あり（川は現在よりかなり水量が多く）、皆が見よう見まねで泳いだり潜ったり、諏訪の短い夏を満喫。砥川では箱メガネ（俺らはスイメンと呼んだような覚えが）とヤスを操り、カジカ・ヤマメ等を追いかけ漁業に勤しむ者も。

甘露煮と　ならんやイナゴ　羽むしる

信州の高級（?）珍味と言えば、現在に至るもイナゴにザザ虫・蜂の子があげられています。時々は割烹店にてお目にかかりますが、出される量の割には高価ではないかと。母が行商に歩いていた頃は、とりわけイナゴを農家さんから大量にいただき、自家製の甘露煮に仕上げ食卓へ。また、時には蜂の巣が手に入り、自分であぶって（そのままでは無理）蜂の子を食することも。

●心象風景的に——

心海《こころうみ》　いつまで浮かび　灯籠《とうろう》の

八月十六日、隣街の催事ながら初めて岡谷・灯籠流しへ。昭和二十年代に花火大会と併わせスタート、はや六十三回を数えるとか。十五日に実施される上諏訪（今年は中止でした）とは異なり派手さはありませんが、見物客も混雑と呼ぶほどではなく、芝生に腰をおろし、ゆったりと沈潜することが可能なのでは。

眼前も　近つ、遠つと　紅《あか》き実や

まどいしに　喜憂《きゆう》あざなう　年の暮れ

可能な限りシンプルに生きたい（その割には、相変わらず好きなふうにやっていると知人等に言われ続けて）とすることにより、捨象してきたものがけっこう多かったのではないか。今更ですが、最近そんなふうに感じております。それがよかったとか悪かったとか云々につき、自分が言うのは憚られますし、それ以上にわかりません。ただ同時に、自分なりの〝精神性〟はどこまでも保持していきたい、とは念願しつつ……。

●補選——

CD《シーディー》届き　旧友《とも》の熱唱《うたき》聴く　終《しま》い梅雨《づゆ》

二十代終わり（今に続くカラオケが始まった前後ですか）から約十年の間、ほぼ毎週、ともに飲み歩いていたグループのひとりがCDを自主制作したとのこと。以前に変わらずカラオケに集中していたのでしょうか。そのグループも今は全員が離ればなれになってしまい、ほぼ年賀状のやりとりだけに。

仁王守《も》る　苔廻廊《こけかいろう》か　盂蘭盆会《うらぼんえ》

慈雲寺・楼門（仁王門？）にて。サイズ的には決して大きくありませんし、特に解説は付いていませんから年代とか作者等は不明。ですが自分的には間近に見られる力感に溢れた姿だと思い、行くたび見入ってしまいます。

襟もとに　そっと指触《ふ》れん　浴衣《ゆかた》なる

一応は了解を得た上での作となり、いかにも〝出来レース〟（突然に同じ行動に至れば、どんな反応？）。実際は帯とか小物の話しに終始。毎度ながらイニシアチブは自分にありません、まあ当然でしょうが。

平成二十六年一月〜六月

●日々の生活から——

光り道　湖《うみ》渡らんか　寒《かん》、二人《ふたり》

一月三日、飲み初めの前に諏訪湖イルミネーションを。上諏訪・湖畔公園の岸辺から、二百数十メートル沖合いにある初島までを結んだページェント。青色を基調に〝御神渡り〟をイメージ（?）した先には、初島神社の鳥居と御柱が。派手さはありませんが、暗く広がった湖面を背景に、おそらく他とは異なったシンプルな魅力が（ただ大がかりとしか言えないものは好みでなく）。周辺に並ぶホテル等の植栽も、それぞれ特徴もって造形され明かるく飾られていました。

氷室《ひむろ》化す　盆地に届き　陽光《ひかり》の矢

一月十六日、氷点下十度を記録。このまま寒さが続けば、周囲は「今年こそ御神渡りか！」とも。

雪道に　ハマりし車　ＪＫ《ジェイケイ》押す

二月十九日、富士見にて。

二週続きの大雪。諏訪地域においても一時は国道をはじめ何カ所かが通行不能（とりわけ茅野〜富士見間は多数の車輌が長時間にわたり立ち往生）状態に。通行止め解除後、仕事の必要上から小型トラックを運転して出かけはしましたが、ちょっとした坂道にかかって車輪はやはり空転。後続車の方々に助力をお願いしようとしたところ、近くを歩いていた高校生とおぼしき三名の娘さんが朗らかな感じをもって「押しましょうか……」と。その際には気ぜわしいままに充分にお礼が言えませんでしたが、本当に、本当にありがとうございました。

陽《ひ》そそぎて　如月《きさらぎ》の空　鳥に我に

大雪から一週間。相変わらず鳥の名称は不明（尾が長め、下腹部は白でした）ながら、一羽がスキップするかのように歩行する姿に、はや春を予感？

花なくも　枝ぶり誇示す　今朝《けさ》の雪

三月五日。

蔵《くら》の街　残雪模《も》せし　ぐい飲みと

松本へ。気に入ったものがなかなか見つからずかなり歩きまわった後、たまたま入った小さな陶芸店。ご主人は何年間かにわたり〝萩焼き〟を修業してきたとのお話し。いくつか見る中にひとつ……。持つのに程よい大きさ（縁まわりは北アルプスをイメージ）に加えて、ザラッとした感触と白のバランスに魅せられ、思わず手にしてしまいました。ぐい飲みは使い込む程にいい色相になるとか。自分用にほしいななんて考える一方、自身では日本酒を飲まないだけにかなり残念な思いを。結局は希望していた女性の手元へ。

風景の　漂流止《や》まず。「3.11《はる》」四度目《よたび》
この間、自分は何をしていたのだろうか……。毎回ながら自省を込めて。

夕映《ゆうば》えて　鐘声揺蕩《しょうせいたゆた》う　春、有情《うじょう》
三月二十九日、下諏訪・水月園にて。

向かい風　やわらぎ触れん　卯月入《うづきい》る

寒暖差が十七・八度とか。翌六日に積雪あり。春盛りとは言え、諏訪ではまだまだストーブが手離せないようで。

里ありや。観音おわす　山桜と

東京芸大美術館「観音の里の祈りとくらし展―びわ湖・長浜のホトケたち―」から。〝仏像〟の形象にはさまざまあるようですが、やはり大きな母性を感じさせる観音菩薩が最も身近な存在ではと思います。また一方において、至る地域〳〵の集落ごとに「観音堂」があり、そこに居住する人々をつねに祈りをもって見守っている……。先人たちはいつ頃からか長い時間にわたり、そんな暮らしを有していたのではと。

伝教《でんぎょう》の　歴史追いかけ　花御堂《はなみどう》

四月十二日、東京・東洋文庫他へ。かなり強行な日程ながら本駒込から上野と、目的にしていた三カ所をまわることのみはクリア。内容が関心に合致しているかなど、事前にもう少し丁寧な下調べが必要だったようです。

散りてなお　「美」語《かた》らんとぞ　花筏《はないかだ》

四月二十六日、自分にとりバーボン日和りの午後。湖岸はすっかり葉桜状態ながら、湖へ流れ込む川岸に大ぶりな枝垂れ桜が一本ひっそりと。風にあおられ一幅の景観を呈しており、酔いと合流してかしばし無呼吸（？）状態に。〝至る所、美あり〟なのかもしれません。

緑なる　無限階調　四方《よも》めぐり

屋外を行けばつねに山々が視界内にあり、勤務先から自転車でも数分かからず諏訪湖へ。以前は考えられなかった暮らし……、ですね。

また最近、とみに色彩の微妙さに目がいくかのようです。古語的に見れば、かなり細かくかつおもしろく表現できるようながら、現状においては使用不能です。季節・暮らしに関連した〝色彩〟の勉強をしようと、一・二冊購入しましたが、そのままに経過中。

衣更《ころもが》え　待たず、季節は　先行す

五月下旬、暑い日々が続きました。このあたりでは黒っぽい地味な服装の人が多く、外出した際にやや……。

歳月《とし》流れ　微光ありしか　6・15《ろくいちご》

つゆ空や　墨絵ぼかしの　山々と

●古いアルバムから――

下駄スケート　駆《か》る声響き　鎮守森《ちんじゅもり》

諏訪はやはりスキーよりスケートが主流？（下諏訪・赤彦記念館＝諏訪湖博物館には〝下駄スケート発祥の地〟と命名されたモニュメントが）

小学生の頃、秋宮に隣接して小さなスケートリンクがあり、諏訪湖に作られたリンクへ行く他、時々は通っていました（勿論ながら得意ではありませんよ）。俺らは綿入れ半纏に下駄スケートが標準スタイル。ある時期からは、誰が考え出したのか下駄に靴用のブレードを付けたものが流行り、靴スケートが普及したのは小学校の終わり頃になってからでしょうか。靴スケートはかなり高価だったと思います。

恩師撮《と》る　卒業記念　友と、母と

中学校卒業の日。小学校から中学卒業まで学校行事には、毎回とも仕事を休んだ母がほぼ欠かさず参加を。子供にとってはちょっぴり自慢？

〝フクサ〟（皆が先生をこう呼び、いつまでも）とは卒業後も終始音信があり、俺自身の行状に関しその都度かなり厳しく叱責され続けてきました。

●心象風景的に――

縹渺《ひょうびょう》たる　枯れ木立《こだ》ちに月　冴《さ》え冴《ざ》えし

一月十二日、八ヶ岳山麓にて。

季節《とき》めぐる。「北帰行《ほっきこう》」言うは　白鳥《とり》のみか

三月十一日。

石なくも　花、手向《たむ》けんは　誰《た》が心

三月二十九日、遅めの墓参時に。

梅雨空《つゆぞら》を　切り裂《さ》きし鳥　その名こそ

●補選——

尖塔《せんとう》か　枯れ木立ち。月は　氷矢《や》放《はな》てり

一月十二日、八ヶ岳山麓にて。

ぬくもりの　期待裏切り　大雪や

二月八日。

かくれ里　観音おわし　桜舞う

まだ一冊も読んではいませんが、あまりに白洲正子さん風に過ぎるとでも言うべきでしょうか。

文庫本《ほん》ながめ　『百寺』めぐりへ　この連休《やすみ》

平成二十六年七月～十二月

●日々の生活から――

カラコロと　梅雨《つゆ》合い間行く　紅《あか》き灯の

六月二十八日、高校同年会へ。毎年、地元を主体に関東・関西居住者らを含め二十数名（やや少なめかなとも）が集合。ワイワイガヤガヤ、あれだこれだと飲みまくりはしますが、その様子はかつて行なわれていたコンパよりはおとなしく。夕方から始まりエンドレス状態、解散はいつも覚えていません。

命《いのち》見つ　紫陽花《あじさい》ごとく　ひそやかに

七月二十六日、気まぐれながら自転車に乗り岡谷・小坂観音院散策へ。諏訪湖に面した丘上に位置し、かつては上社関連の社坊であったとか。近年に至り『風林火山』に代表される小説類や映画・TVドラマの影響が強く、時代に翻弄され歴史の興亡を見つめた「諏訪御料人」（供養塔が設置）がかなり著名のようです。仮に療養の身を当地にて過ごし亡くなったとすれば、境内からは森陰を通し父がいた諏訪を一望、そしてその先には我が子がいる甲斐の国が……。〝御料人〟の生涯を考えればとりわけ印象的とも思われます。当日は33．4℃を記録（今シーズン最高気温）、暑さにへバリつつもそのまま諏訪湖一周（ジョギングロード＝最短コースだと16㎞）を。コンビニ前に坐り込みアイスクリームを楽しんだりと、途中何回か休憩をとりゆっくりと走行。結局は三時間余りかかってしまいましたが。

ぬか漬けし　茄子《なす》。紺なるを　待ちわびん

以前やっていたぬか漬けは、何年か前の猛暑時、手入れを怠りダメにしてしまいました。現在は安直にパック製品（かき混ぜ不要。ただ置いてあるスーパーが少なくなかなか入手困難が玉に瑕）を使用。大根や胡瓜も勿論おいしいですが、茄子はうまく漬かった際の色彩に、自然なる妙を感じ毎回何秒間か見入ってしまいます。

空《くう》ながむ。涼みし夜半《やはん》『無我《むが》』倣《なら》い

以前いただきました足立美術館の携帯用ストラップ、お気に入りの一つ。他には鬼太郎一家をいくつか（隠れコレクターを自称？）。行く先々にて物色しますが、最近は人気が下降状態なのか見かけなくなりました。前回の時にいただいたスティッチの御柱バージョンはかなりレアだと思います。

始原《しげん》より　響くかリズム　夏太鼓

八月十四日、「岡谷・太鼓祭り」へ。

小雨模様故か聴衆は予想より少なく、それでいながら、演奏者の体力に感心しダイナミックな躍動感を満喫。一方において、太鼓のような楽器はもっと野性的なスタイルが似合うのではと想像。街中に設けられたステージではなく、広大な八ヶ岳山麓あたりであったなら劇的・音楽的つまりはまつり的効果は抜群、なんて勝手に考えながら。周辺には露店や路上パフォーマンスも。

ポプラ背に　少女子《おとめご》集《つど》い　ボート出《いだ》し

下諏訪、諏訪湖に面した艇庫前にて。

高校生の夏季合宿でしょうか（夏場は中高生らによる各種スポーツ競技の合宿が多いようで）、ひたすらな逞しさを。諏訪湖では以前から端艇が盛んであり、現在においても時折〝レガッタ〟が開催されています。

「年一度は！」言いしが、浴衣姿《ゆかた》今年なく

〝ゆかた祭り〟のはずが、今回は何故か〝コスプレ〟に。自分としてはこの手はあまり好みではなくがっかりでした。ひょっとして、これで浴衣を題材にした句は打ち止めになってしまう予感すら。

同一題材を毎年にわたり作句することは、それがどこまで続くか、対象にする情況がどう変化していき、自分がどのように捉えていくのか。難しい反面おもしろくなりそうだと内心では考えていたのですが。それにしても、来シーズンはどうなることでしょうか。

風やわら　玉響《たまゆら》なりや　秋桜花《しゅうおうか》

通勤途中、下諏訪駅近く。無機質に続く鉄製フェンス沿いに一カ所だけが異空間を形成していました。

秋刀魚《さんま》焼き　ぬか漬け並べ　これ、食卓

日頃は処理が面倒なため干し魚（開き）か切り身が殆どであり、時には鮮魚をと思い生秋刀魚を。煮魚はまだ経験しておらず、スーパーで鰤の切り身を見かけた時など、〝鰤大根〟を作ってみようかなんて考えはしますが、毎回迷いながらそこにてストップ。今のところ、時間不足を言い訳に実現していません。

我《わ》が肩に　とまれしがある　霜月か

十一月四日。

心性を　讃《たた》うか童画　仏《ほとけ》らと

十一月八日、「現代童画展」・「日本国宝展」（ともに上野）へ。

意思《いし》なるの　ありかを問いて　憂国忌

雨上《あ》がり　湧き立つ雲間《くもま》や　山もみじ

十一月二十八日。直後の十二月二日には初雪あり。

紅《くれない》の　ひとつぞ映えん　雪景色《げしき》

十二月十七日。

●古いアルバムから――

やっぱりデート？　どこまで歩く　長き夜《よ》と

ふたりとも十九歳。渋谷から新宿までを、ただ話し、ただ歩き続けただけの風景。彼女はやや離れた場所に住んでおり、また自分がさまざまな面においてかなり多忙であったため、直接に会うことができたのはせいぜい二・三カ月に一度、あとは手紙の往復ばかりという関係が三年弱続きました。〝サヨナラの総括〟となった理由は、婉曲的に言えば〝69年〟だったから？

「おいしくね……」　かりん漬けつつ　母、呪文《じゅもん》

りんごやかりんなどは買ったことがありませんでした。毎年、いただき物のかりんを母が漬け物用硝子瓶に漬けるのですが、家族の誰彼が時々こっそりと食服するため、アルコール度数ばかりが高くなり、毎年とも充分に漬かりきる前になくなってしまい、です。他にはやはり野沢菜漬けですね。春に近い頃、飴色（?）になった漬け物は、色・味とも何んとも言えません。

かりんはかつて諏訪の特産品であったとか（今も砂糖漬け・シロップ漬けの土産品が）。上諏訪・湖畔公園の先からヨットハーバーにかけて湖岸道路は〝かりん並木〟になっており、花が咲く時期から収穫期まで楽しめます。

●心象風景的に――

ほおずきの　肌、やわやわと　触《ふ》れんを待つ

幼《おさな》きが　日傘《ひがさ》まわしつ　遠去《とおざ》りき

九月十一日。

台風《かぜ》去りて　十三夜《じゅうさんや》なるも　心波《なみ》立ちぬ

十月六日。

〝疎遠《そえん》〟と言う。相貌《かお》薄れいく　年の暮《く》れ

自作への付け句。

我《わ》が心　移ろいしままに　暮れ迎《むか》う

●補選——

苔まとい　古木《こぼく》光らん　彼岸の日

下諏訪・水月園。

カウンターに　歌謡曲《うたきょく》、聴き入りし　長き夜《よる》

しばらくの間、飲みに行っても聴くことが少なくなって唄から離れていました（わずか持っているCDもまったく聴かず）が、最近行くようになったお店では、カラオケを唄うお客さんがまあまあ多くけっこうホッとします。ただ以前聴いていた時程の感激がなく、どうしてかなと考え多少さみしさを。

紅《べに》の色　さまで深まり　時候《とき》実感

紅――あか、くれない、べに――。それぞれの読みにより、別の色相を意味するらしいのですが、細部にわたるニュアンスとして表現できるか、あるいは伝えることができるかどうかは不明。

語彙《ごい》思考。

ラジオ鳴らすや　除夜の鐘

〝句だより〟（年賀状）のまとめにかなり苦戦！　妥協的に仕上がったのはようやくに元日の午後になってから。常々もっと自由な豊かな発想力を身に付けたい、更にはそれを的確に表現したいと望んではいます。表現しようとする内容に合致した言葉の選択、とりわけ助詞の使い方に迷ってしまい――同じ品詞ばかりが多くなるとか、どの句も同じような調子になってしまう――、やはり感性不足・勉強不足（句作を目的にとりわけ勉強しているわけではありませんが）を痛感。だからおもしろいと言えるのかもしれませんね。

あとがき

先ずはここまで寛容の心をもち忍耐強くお読みいただきました皆様に、率直に御礼を申し上げます。また、多少でも興味をもっていただけたとすれば、うれしく思います。

たかだか二百句余りの数をもって一冊に仕上げ出版しようと考えることに、多少なりとも躊躇する部分がなかったわけではありません。まして現時点において読み返してみた時、自分なりに満足できる〝句〟が案外と多くはないことを考慮すればなおさらです。反面、それが実情なんだと強引に割り切ろうとするところは、句制作に対する姿勢に近いかもしれません。この程度の句数ながら、自分の中では六年の歳月が流れているんだと強引に……（変わりばえしないと言われれば、それまでですが）。

わずか十七文字をもって作り上げるイメージにも似た世界。浮かんできたひとつひとつの語彙（少ないながら突然にひっかかってきます）に、やや思索を加えまとめるというシンプルな作業。その小さな世界がどれ程の広がり・深さを示すことが可能なのか。自分自身に対し、そして読み手に対して――。おそらくさまざまな分野において、かなりの人が経験されているのでしょうが、表現することの不可思議世界（おもしろさと言うべきか、それともおそろしさと言うべきか）の淵に佇み、永遠の深みを覗き込もうとしているのが自分の現状でしょう。

自作に関連して言えば、言葉、とりわけ漢字の〝読み〟と〝意味〟、あるいはフレーズのつながりについてより考えるようになったとは、句を作るようになったここ数年来の感想。それ故にこそ、一般的に言われている作句上の規則は勿論、国語的な文法すら逸脱している部分がないわけではないと自覚しています。その上ながら制約にとらわれず、自分なりの意図をどこまで表現できるかです。

今回のこの試みが自分にとりどのような意味をもっているかについては、現段階においてはまったく不明です。ただ以前であれば、仮に何かできたとしても、ひとり静かに眺めているに留まっていたでしょうが、折々に句を作ることと軌を一にして変わってきたとは思われます。それは別にして、今後も相変わらず友人らへのメッセージとして句を作り続けるのか、それともやはり行き詰まり（飽きて？しまい）止めてしまうのか……。もうしばらくの間、怠惰ではある自分自身に対し興味を持って見つめていきたいと考えながら。

最後になりましたが、今回の出版を受け入れていただきました東京図書出版・編集室の皆様に厚く御礼申し上げます。本当に、ありがとうございました。

2015年1月

ゆもと　こういち

TTS新書

ゆもと　こういち

1948（昭和23）年７月生まれ。
長野県諏訪郡在住。

幻視 I
── ゆもと　こういち句作集

2015年５月３日　初版発行

著　者　ゆもと　こういち
発行者　中 田 典 昭
発行所　東京図書出版
発売元　株式会社 リフレ出版
〒113-0021　東京都文京区本駒込 3-10-4
電話 (03)3823-9171　FAX 0120-41-8080
印　刷　株式会社 ブレイン

ISBN978-4-86223-836-8 C0292
Printed in Japan 2015

ご意見、ご感想をお寄せ下さい。

［宛先］〒113-0021　東京都文京区本駒込 3-10-4
東京図書出版